ESQUISSE

D'UNE

MÉTHODE GÉNÉRALE

DE PRÉPARATION ET D'EXPLICATION

DES

AUTEURS FRANÇAIS

(LICENCE LITTÉRAIRE ET AGRÉGATION DES LETTRES)

PAR

Gustave ALLAIS

Ancien Élève de l'École Normale Supérieure
Maître de Conférences de Littérature Française à la Faculté des Lettres de Clermont.

PARIS
IMPRIMERIE ET LIBRAIRIE CLASSIQUES
MAISON JULES DELALAIN ET FILS
DELALAIN FRÈRES, Successeurs
56, RUE DES ÉCOLES.

—

1884

ESQUISSE

D'UNE

MÉTHODE GÉNÉRALE DE PRÉPARATION ET D'EXPLICATION

DES

AUTEURS FRANÇAIS

(LICENCE LITTÉRAIRE ET AGRÉGATION DES LETTRES)

Les candidats à la Licence et souvent même, trop souvent, les candidats à l'Agrégation sont, pour la plupart, fort embarrassés d'expliquer les textes français, et l'explication française est presque partout une des épreuves les plus faibles. Cet embarras et cette faiblesse proviennent du *manque de méthode*. Les candidats errent à l'aventure, se perdent dans des banalités vagues ou s'attardent à des détails minutieux, ne sachant, en somme, à quoi se prendre sérieusement. Nous avons pensé qu'il serait utile de leur donner quelques conseils à ce sujet. Les étudiants qui suivent les conférences à l'Ecole Normale Supérieure ou dans les Facultés des Lettres reçoivent directement préceptes et conseils pratiques; mais nous nous adressons ici à ceux-là surtout qui, seuls, loin d'une Faculté, se préparent eux-mêmes, sans l'aide d'une direction vigilante, d'un contrôle continuel. Aux uns comme aux autres (1) nous voudrions proposer les principes d'une méthode générale pour la préparation et l'explication des auteurs français.

I.

ÉTUDE EXTÉRIEURE.

Etant donné un ouvrage porté au programme, il faut commencer par *dater* cet ouvrage. Dater un ouvrage, ce n'est pas seulement y apposer une étiquette en chiffres appelée *date;* c'est étudier cette date, établir le groupe de faits auquel elle appartient, déterminer la place qu'elle occupe dans l'ensemble du

(1) Nous n'avons nullement la prétention de vouloir donner des conseils aux élèves de l'Ecole Normale, qui reçoivent les leçons de maîtres supérieurs; et nous les prions de considérer ce modeste essai comme un hommage au talent de nos maîtres, comme un acte de reconnaissance envers l'Ecole.

groupe, se rendre compte du degré d'importance qu'il faut lui assigner ; c'est replacer, en un mot, l'ouvrage dans l'époque où il s'est produit. Une simple date peut souvent représenter toute une synthèse de faits et contenir un monde d'idées.

Voici, par exemple, les *Précieuses ridicules*. — Date : 1659. — Cette date signifie : 1° Avènement de Molière et de la comédie fondée sur l'observation des mœurs, des caractères, des ridicules humains ; 2° attaque contre la mauvaise influence des Précieuses ; 3° décadence de l'école précieuse et reprise de force du mouvement classique ; 4° production d'un phénomène littéraire appartenant à tout un groupe de faits qui révèle une *époque de transition*, de 1651 à 1662.

Expliquons ces considérations.

1651, c'est *Nicomède*, le dernier chef-d'œuvre de Corneille, qui dès lors est en complète décadence ; Descartes et Rotrou viennent de mourir (février-juin 1650) ; une grande période littéraire est terminée.

1662, c'est l'*École des Femmes* (décembre), le premier chef-d'œuvre de Molière ; Pascal vient d'expirer (août) ; Mazarin est mort (mars 1661) et Louis XIV gouverne ; c'est l'époque des débuts de Molière, de Boileau, de Bossuet, de Racine ; avec le nouveau règne va s'ouvrir une nouvelle période de chefs-d'œuvre.

Entre ces deux dates extrêmes, 1651 et 1662, on peut observer deux mouvements contraires : l'un, déclinant, celui de l'Ecole précieuse, discréditée après le roman de *Clélie* (1654-1661) ; l'autre, ascendant, le mouvement classique, qui bientôt va étouffer l'autre : c'est dans ce mouvement que prend place la pièce des *Précieuses ridicules*.

C'est ainsi que d'une discussion de dates on arrive à tirer des considérations historiques ; et les données de l'histoire littéraire peuvent être d'une grande utilité pour expliquer l'importance, le caractère général, la portée et même, par endroits, le texte d'un ouvrage.

Il est, par exemple, tel passage des *Précieuses ridicules* pour lequel se pose simplement une question de date. — Madelon et Cathos prétendent (scène VI), que les deux jeunes gens qui les recherchent en mariage « n'ont jamais vu la » carte de Tendre, et que Billets-Doux, Petits-Soins, Billets-Galants et Jolis-« Vers sont des Terres Inconnues pour eux. » Ces paroles font allusion à l'une des plus étranges conceptions de Mlle de Scudéry, la carte du *Pays de Tendre*, où l'auteur traçait, pour ainsi dire, une théorie *géographique* de l'amour et de la galanterie selon « le bel air » : *Billets-Doux*, *Petits-Soins*, etc., sont des hameaux, villages ou châteaux échelonnés le long du fleuve d'*Inclination*. Ce fleuve se jette dans la *Mer Dangereuse*, hérissée de rochers, qui borne le Pays de Tendre ; au-delà de cette mer, c'est le vague des *Terres Inconnues*. On trouve cette carte dans le beau volume de M. Paul Lacroix sur le XVIIe siècle *(Lettres, sciences et arts)* (1). — Elle avait paru dans le premier tome du roman de *Clélie*, en 1654 (2). On peut donc affirmer que, dans la

(1) Paris. F. Didot, 1 vol. in-4°, 1882 ; page 189. — Voir aussi les savantes éditions des *Précieuses ridicules*, récemment publiées par M. Larroumet et par M. Livet.

(2) L'*achevé d'imprimer* de ce Ier volume est du 31 août 1654.

première manière des *Précieuses ridicules*, jouées par Molière en 1653, à Lyon ou à la Grange (1), mention n'était pas faite de cette carte, et que c'est là un des passages provenant du remaniement que Molière fit subir à sa pièce pour la jouer à Paris en 1659.

Ailleurs (scène X), Mascarille, qui se pique de bel esprit, dit aux deux jeunes filles : « Vous verrez courir de ma façon dans les belles ruelles de Paris « deux cents chansons, autant de sonnets, quatre cents épigrammes et plus de « mille madrigaux, sans compter les énigmes et les portraits. » Ici Molière énumère les principaux genres de composition cultivés par les beaux esprits des salons et ruelles du monde précieux (2).

C'est ainsi que souvent les renseignements fournis par l'histoire littéraire jettent un nouveau jour sur les œuvres des écrivains. Il est donc important d'interroger l'histoire et de lui demander toutes les lumières nécessaires à l'intelligence des textes. Les candidats feront bien de se tenir prêts sur cet ordre de questions (3), sans pourtant se perdre dans trop de détails. Il faut savoir garder une juste mesure dans cette première préparation, tout *extérieure*, des ouvrages, et réserver ses forces et son temps pour une étude bien autrement importante, l'étude *intérieure*.

(1) Cette indication de 1653 est donnée par M. Paul Lacroix *(Bibliographie moliéresque)*. En 1653, Molière joue l'*Etourdi* à Lyon ; puis il va séjourner avec sa troupe (août-décembre) chez le prince de Conti, au château de la Grange, près Pezenas ; le 26 décembre, le prince et Molière quittent la Grange, Molière retourne à Lyon. (V. Jules Loiseleur. *Points obscurs de la vie de Molière*.)

(2) Consulter l'excellent volume de M. Livet : *Précieux et Précieuses*.

(3) Il va sans dire qu'ils doivent connaître aussi les principaux points de la biographie d'un auteur, la chronologie de ses œuvres et les questions de bibliographie qui s'y rapportent.

II.

ÉTUDE DE L'ENSEMBLE DE L'OUVRAGE.

L'ouvrage une fois replacé parmi l'ensemble des circonstances qui expliquent sa genèse, il s'agit de l'étudier en lui-même.

Ici, le précepte général à suivre est, selon nous, d'**ALLER TOUJOURS DU GÉNÉRAL AU PARTICULIER**.

Et d'abord l'étude d'ensemble.

Toute composition littéraire, comme toute œuvre d'art, obéit à une loi essentielle, l'*unité*. Cette unité, à laquelle se subordonnent harmonieusement les parties, constitue l'*ensemble* de l'ouvrage. Ce qui fait l'unité dans un discours en prose (1), c'est l'*idée maîtresse* que l'écrivain se propose de démontrer, d'établir ; ce qui fait l'unité dans une pièce de théâtre, c'est le *problème moral* que l'auteur se propose de résoudre. De part et d'autre, il y a examen d'une *question* et d'*une seule*. Le discours en prose, l'œuvre dramatique ne sont que le *développement*, savamment construit, de cette question dominante.

Il faut tout d'abord, dans une première lecture toute générale, se rendre compte de l'unité de l'ensemble, et dégager la question, le problème, l'idée maîtresse.

Soit, par exemple, le *Sermon sur la mort* (2). — Bossuet a choisi pour texte : « *Domine, veni et vide* » ; « venez, et voyez vous-mêmes », dit-il en s'adressant à son auditoire. Voyez, quoi ? — L'*œuvre de la mort*, qui fait éclater le néant de l'homme et qui nous révèle par là même sa grandeur. — Telle est la question, telle est l'idée générale du sermon.

Dans *Andromaque*, deux hommes aiment Hermione : Pyrrhus et Oreste. Mais Hermione aime Pyrrhus et n'aime pas Oreste. Oreste réussira-t-il ? — D'autre part, Pyrrhus aime Hermione et Andromaque ; mais Andromaque repousse Pyrrhus. Andromaque cèdera-t-elle ? — Si Pyrrhus épouse Hermione, Oreste est écarté ; mais que deviendront Andromaque et son fils, Astyanax ? — S'il épouse Andromaque, Hermione étant furieuse de jalousie, que deviendra Oreste ? qu'adviendra-t-il même de Pyrrhus ? — Toutes ces questions se résument et s'absorbent dans une seule question principale : Laquelle, d'Andromaque ou d'Hermione, Pyrrhus se décidera-t-il finalement à choisir ?

Nous trouvons ces différents éléments de la question principale posés dans le premier acte d'*Andromaque*. — Oreste dit (3) :

> J'aime : je viens chercher Hermione en ces lieux,
> La fléchir, l'enlever, ou mourir à ses yeux.

(1) Nous entendons par le mot *discours*, comme au XVIIe siècle, toute espèce de composition où l'auteur expose lui-même ses idées : discours, dissertation, sermon, traité didactique, essai philosophique, étude critique ou historique, etc.

(2) Nous empruntons nos exemples au nouveau programme de Licence, fixé par arrêté ministériel du 21 juillet 1883.

(3) Acte I, scène 1, vers 99-100.

Pylade apprend à Oreste que Pyrrhus aime Andromaque, mais que la veuve d'Hector

> N'a payé jusqu'ici son amour que de haine,

qu'il revient cependant « plus de cent fois » à l'amour d'Hermione, et qu'il peut,

> Dans ce désordre extrême,
> Epouser ce qu'il hait et perdre ce qu'il aime (1).

Quant à Hermione, elle pleure l'inconstance de Pyrrhus,

> Toujours prête à partir et demeurant toujours (2).

Puis c'est Pyrrhus lui-même qui convie Oreste à revoir Hermione : il souhaite qu'elle quitte l'Epire :

> Ah ! qu'ils s'aiment, Phœnix ; j'y consens. Qu'elle parte (3).

Enfin Pyrrhus offre sa main à Andromaque, qui lui répond fièrement :

> Retournez, retournez à la fille d'Hélène (4).

Ici la question principale se pose nettement : Pyrrhus épousera-t-il Hermione ou Andromaque? Voilà le *nœud* de la pièce, c'est-à-dire la difficulté, le problème à résoudre.

C'est à la solution de cette question principale que tend le développement de l'action, comme le développement du discours tend à la démonstration d'une idée générale. L'exposition de la pièce répond à l'exorde du discours, le nœud à la proposition, la suite des péripéties à l'argumentation, le dénouement à la conclusion.

Dénouer l'action, c'est conclure, c'est résoudre le problème initial.

Si nous avons insisté sur cette première étude de l'ensemble de toute composition littéraire, c'est que nous considérons cette étude comme capitale, comme étant la clef des études ultérieures.

(1) Acte I, scène 1, vers 109-110; 115-116 ; 121-122. — (2) Ibid., vers 130-131.

(3) Acte I, scène 2, vers 245 ; — scène 3, vers 253.

(4) Acte I, scène 4, vers 341. — Toutes ces indications sont tirées de l'édition d'*Andromaque* par M. Bernardin.

III.

ÉTUDE DES PARTIES DE L'OUVRAGE.

Les parties d'une composition sont consacrées au développement de l'idée ou de la question principale où réside l'unité de l'ensemble; elles en procèdent, elles s'y rapportent, s'y subordonnent toutes. Si elles sont réellement *parties constitutives*, on doit y retrouver toujours la présence et comme l'action directrice, souveraine, de cette question ou de cette idée générale, objet de toute la discussion oratoire, philosophique, littéraire ou dramatique (1) ; et chaque partie, pour avoir sa raison d'être, doit tendre à apporter un élément nouveau au *progrès* de cette discussion. — D'autre part, toutes les parties d'une composition doivent être proportionnées les unes aux autres et étroitement enchaînées entre elles, suivant une série continue et progressive.

En résumé, les parties d'une composition doivent répondre à ces deux conditions essentielles : 1° *Subordination* à l'idée maîtresse ; 2° *Progression* de développements bien proportionnés.

Ces principes posés, une seconde lecture, plus attentive, de l'ouvrage à étudier, détermine les différentes parties en quoi se décompose naturellement cet ouvrage; c'est ce qu'on appelle : faire l'*analyse*.

Prenons, par exemple, la IIme satire de Boileau, adressée à Molière (1664).

L'idée générale est celle-ci : Il faut qu'en poésie la raison dirige toujours l'écrivain et qu'il s'occupe toujours de penser juste.

Voici l'analyse du développement :

1° La rime est capricieuse et tâche toujours d'échapper au joug du bon sens. Savoir accorder ensemble la justesse de pensée et l'excellence de facture, voilà l'art parfait. Et Boileau admire cet art dans Molière (2), d'autant plus qu'il a lui-même fort à souffrir des bizarreries de la rime (vers 1-32);

2° Ce n'est pas écrire que de se contenter, comme les versificateurs sans talent, de rimes faciles, de métaphores banales, d'hémistiches qui traînent partout. La poésie est un art difficile qui demande un travail sérieux : celui qui écrit en vers doit avoir le courage de raturer souvent (vers 33-52) ;

3° Boileau, quant à lui, déplore la peine que lui coûte ce travail (vers 53-76) ;

4° L'homme sans talent écrit au hasard, « en dépit du bon sens », toujours content de lui-même et de ses misérables productions. Au contraire, l'écri-

(1) Par *discussion dramatique* nous entendons toute pièce de théâtre, puisqu'on y examine et discute un problème moral.

(2) En 1664, Molière avait déjà écrit, comme pièces en vers, sans compter l'*Étourdi* et le *Dépit amoureux*, *Sganarelle* (1660), l'*École des Maris* (1661), les *Fâcheux* (1661), l'*École des Femmes* (1662) et les trois premiers actes du *Tartuffe*, représentés à Versailles le 12 mai 1664. — Boileau n'avait encore produit (1660-1663) que les trois satires I, VI et VII. — Ce simple rapprochement fait comprendre l'admiration de Boileau pour Molière.

vain consciencieux, qui respecte son art, qui a un idéal et cherche la perfection, doute de lui-même et s'efforce toujours de développer son talent (vers 77-100).

Pour une composition de médiocre étendue, cette analyse est facile à faire. L'analyse d'une pièce de théâtre demande beaucoup plus d'étude ; nous insisterons donc ici davantage.

Les parties d'une pièce de théâtre sont indiquées par la division matérielle en *actes*. Mais le premier et le dernier acte ne sont pas construits comme les autres.

§ 1. — Le premier acte d'une pièce classique comprend ordinairement deux parties : 1° l'*exposition* de la pièce; 2° une *situation* nouvelle qui est un premier moment de l'action proprement dite.

Le mécanisme de l'exposition est très-simple : il répond exactement à celui de l'exorde dans le discours. Cette concordance est facile à établir.

L'exorde d'un discours (1) doit faire connaître :

1° Le caractère de l'orateur et les dispositions de l'auditoire;

2° La situation des affaires au moment où l'orateur prend la parole;

3° La question qui ressort de cette situation et l'idée que l'orateur se propose d'émettre *(proposition)* pour répondre à cette question.

L'exposition d'une pièce doit de même nous apprendre :

1° La situation des principaux personnages, leur caractère, leurs sentiments, leurs passions, leurs intérêts ;

2° L'état des événements au moment où l'action va s'engager;

3° La question qui se pose *à ce moment précis* et l'intérêt qu'elle présente. — Cette question est le *nœud* de la pièce ; l'*intérêt dramatique* n'est autre que l'intérêt inhérent à cette question même, à ce problème moral que pose le poète quand il met certains caractères en face de certains événements.

Il est très-aisé d'appliquer cette méthode d'analyse aux trois premières scènes du premier acte d'*Andromaque*, qui constituent l'exposition de la pièce. Voici les données dramatiques que dégage l'analyse :

SCÈNE I. — Début (vers 1-24). — Oreste et Pylade nous apprennent qui ils sont et leurs relations d'amitié.

1re PARTIE. (Vers 25-100.) — Situation d'Oreste :

1° Etat moral d'Oreste ; son amour malheureux pour Hermione ;

2° Sa mission politique en Epire pour réclamer Astyanax, fils d'Hector et d'Andromaque.

2e PARTIE. (Vers 101-132.) — Situation de l'Epire :

1° Etat moral de Pyrrhus ; son amour pour Andromaque ; ses retours à Hermione ; ses tergiversations sur le sort d'Astyanax ; son indécision perpétuelle ;

2° Etat moral d'Hermione ; sa douleur d'être négligée par Pyrrhus.

Fin de la scène (vers 133-142). — Conseils et encouragements de Pylade à Oreste.

SCÈNE II. — Oreste accomplit sa mission auprès du roi d'Epire ; hauteur et irritation de Pyrrhus.

SCENE III. — Pyrrhus nous dévoile lui-même son intention de *sacrifier Hermione à Andromaque*.

(1) Ceci s'applique aux modestes discours de rhétorique comme aux plus développés des discours publics.

Ici prend fin l'exposition proprement dite. La question sur laquelle doit rouler toute l'action *est posée* quand Pyrrhus s'écrie, en parlant d'Hermione : « J'y consens ; qu'elle parte ! » puis ajoute avec joie : « Andromaque paraît (1). » Attiré vers Andromaque, Pyrrhus se détache d'Hermione.

Dès lors « tout dépend de Pyrrhus », comme le dira plus tard Pylade à Oreste (2) ; tout, le sort d'Hermione et d'Oreste, d'Andromaque et d'Astyanax, de Pyrrhus lui-même, tout dépend de l'irrésolution de Pyrrhus et de la décision dernière à laquelle il s'arrêtera. TOUT DÉPEND DE PYRRHUS : telle est, pour ainsi dire, la *loi* de l'action tout entière ; et nous ne faisons qu'emprunter au poète sa propre formule.

A la fin du 1er acte (scène IV), l'action s'engage : Pyrrhus offre sa main, son cœur, son trône à Andromaque, et Andromaque repousse les offres de Pyrrhus. — Cette démarche et ce refus ont un double effet : 1° ils *achèvent de poser* la question en termes définitifs, et ainsi l'action est *nouée ;* 2° ils déterminent une *situation nouvelle* qui n'appartient plus seulement à l'exposition, et qui est bien *un premier moment* de l'action.

§ 2. — Les événements se déroulent ; l'action avance ; à chaque nouvelle étape, la question revient se poser de nouveau (3), et toujours plus pressante, plus terrible ; le nœud se resserre toujours davantage ; l'intérêt va toujours croissant.

Ce progrès des événements crée à chaque acte des situations importantes, moments principaux de l'action auxquels il faut s'attacher dans l'étude de la pièce.

Mais qu'est-ce que l'*action ?*

L'action résulte de la combinaison de deux sortes d'éléments : les événements et les caractères.— Les personnages *agissent suivant leur caractère,* suivant leurs mobiles propres, leurs passions, leurs intérêts ; d'autre part, les faits qui se produisent ainsi réagissent sur les personnages. C'est de ce double courant et de cet entrecroisement d'actions et réactions successives que ressort l'action dramatique, ou plutôt, comme l'art classique proscrit à peu près complètement les événements extérieurs aux personnages, l'*action est issue tout entière du développement,* c'est-à-dire *de l'entrée en activité des caractères.*

(1) Acte I, scène 3, vers 253 et 258.

(2) Acte III, scène 1, vers 722.

(3) Pour ne pas accumuler les citations de détail, nous nous contenterons de relever dans *Andromaque* les principaux passages où la question se trouve reproduite, toujours la même sous différentes formes. Ces indications seront autant de *jalons* pour ceux qui voudront se reporter au texte de Racine. (Edit. Bernardin.)

Acte I, scène IV : vers 294, 342, 368, 383.

Acte II. Vers 416, 436, 448, 474 (scène I) ; vers 514, 550, 570, 587 (scène II) ; vers 619, 670, 685, 706 (sc. IV et V).

Acte III. Vers 714, 722, 731, 756 (scène I) ; vers 810, 846, 886 (sc. II, III et IV) ; vers 900, 916, 968, 984, 1048 (sc. VI, VII et VIII).

Acte IV. Vers 1053, 1083 (scène I) ; vers 1142, 1152, 1157, 1170, 1200, 1214, 1246 (sc. II et III) ; vers 1268, 1281, 1318, 1350, 1375, 1386, 1390 (sc. IV, V et VI).

Acte V, scènes I et II : vers 1396, 1422, 1472.

Mais à ces activités individuelles il faut un objectif commun, un point de centre vers lequel elles tendent à converger toutes. Ce point, c'est précisément la question première posée par l'auteur et qui fait l'intérêt de la pièce. L'action n'est que la discussion, sous une forme dramatique, de cette question. Les personnages, en effet, n'agissent qu'autant qu'ils sont tous *personnellement intéressés à cette question* et préoccupés d'en chercher une solution satisfaisante pour eux-mêmes, chacun à son point de vue personnel.

Etant établi : 1° que l'énergie des caractères contient en puissance toute l'action ; 2° que les personnages n'agissent qu'au sujet d'une question précise — il s'ensuit qu'*en dernière analyse* l'action se ramène à ces deux éléments essentiels : 1° la *question ;* 2° les *caractères.*

On peut donc considérer l'action :

1° Soit comme le *développement de certains caractères au sujet d'une question intéressante à discuter ;*

2° Soit comme la *discussion d'une question à l'aide du développement de certains caractères.*

Combinant ces données, on pourrait définir ainsi l'action :

C'est *l'examen d'une question intéressante*, discutée sous une forme dramatique, *à travers une suite d'événements* qui s'enchaînent, obéissent à une progression continue, et *procèdent du développement logique des caractères* des principaux personnages intéressés à cette question.

Ce qu'on appelle *situations*, ce sont les différents aspects que présente l'action, à mesure qu'il se produit de nouveaux événements ; et ce qui caractérise une situation, c'est donc quelque élément nouveau : 1° dans l'état moral des personnages ; 2° dans l'état de la question.

Ainsi l'*action se décompose naturellement en situations principales ;* ce qu'on appelle *acte*, ce n'est qu'un ensemble partiel d'un certain nombre de situations groupées dans une même série.

Il est donc facile de comprendre comment on étudiera un acte pris à part.

On détermine à quel point précis est arrivée l'action au moment où commence l'acte. — Une lecture d'ensemble permet d'établir les situations qui composent cet acte. — Puis on étudie dans chacune des situations : 1° le progrès du développement des caractères ; 2° le progrès de l'intérêt dramatique et de la question. — Enfin on détermine à quel point en est l'action à la fin de l'acte.

C'est ainsi que le IVe acte d'*Andromaque* se résout en trois situations :

1° Andromaque se résigne à épouser Pyrrhus pour sauver Astyanax ; mais elle est décidée à se tuer aussitôt après la cérémonie du mariage (scène 1) ;

2° Hermione veut qu'Oreste aille, pour l'amour d'elle, tuer Pyrrhus (scènes 2, 3 et 4) ;

3° Pyrrhus déclare à Hermione qu'il épouse Andromaque, et Hermione lui lance sa terrible menace :

> Porte aux pieds des autels ce cœur qui m'abandonne ;
> Va, cours, mais crains encor d'y trouver Hermione.
>
> (Acte IV, sc. 5, vers 1385-6.)

On voit combien l'action a marché pendant cet acte. A la fin du IIIe acte, pressée par l'amour et par les menaces de Pyrrhus, Andromaque hésitait. Au moment où s'engage le IVe acte, Andromaque a promis sa main à Pyrrhus. Il s'ensuit : 1° qu'Andromaque est résolue à mourir pour rester fidèle à la mémoire d'Hector ; 2° qu'Hermione jalouse décide la mort de Pyrrhus ; 3° que Pyrrhus, en bravant Hermione, s'offre lui-même à la mort. Ainsi, à la fin du IVe acte, nous sommes en pleine *crise*, c'est-à-dire au moment culminant de l'action ; l'intérêt est à son comble et désormais ne saurait plus croitre ; la pièce va *se dénouer*.

§ 3. — Le dernier acte est consacré au dénouement logique de l'action, c'est-à-dire à la solution de la question, du problème initial. Il faut y distinguer :

1° La situation qui précède immédiatement l'événement principal. — Au début de V^{e} acte d'*Andromaque*, Racine nous présente Hermione en proie à un grand trouble moral ; et avec Hermione, le spectateur a l'esprit en suspens, il est dans l'attente : la vengeance d'Hermione va-t-elle s'accomplir ?

2° L'*événement principal* avec ses conséquences immédiates. — Dans *Andromaque*, cet événement, c'est la mort tragique de Pyrrhus, tué par Oreste. Le dénouement s'achève à l'aide des différentes circonstances qui entourent, accompagnent ou suivent, en un mot, complètent cet événement principal : ainsi, la mort de Pyrrhus amène le désespoir d'Hermione et sa mort ; la mort d'Hermione provoque les fureurs d'Oreste ; la mort de Pyrrhus et celle d'Hermione assurent le triomphe d'Andromaque. Ces faits se précipitent en vertu d'un enchaînement rapide. Le sort de tous les personnages est connu ; la question est résolue : le dénouement est complet.

On voit en somme que le Ve acte répond exactement, et comme par une *disposition symétrique*, au Ier acte. Etant donc compris le mécanisme de l'exposition et celui du dénouement, l'étude du reste de la pièce se réduit à l'étude des situations principales que renferme chaque acte.

IV.

ÉTUDE DE SYNTHÈSE.

Voilà donc l'analyse faite ; on a décomposé l'ouvrage, on en a démonté le mécanisme, isolé les pièces. Il s'agit maintenant de remettre ces pièces en place, de reconstituer l'ensemble, de rétablir cette unité qui est le secret de la vie dans les œuvres d'art comme dans les êtres. Ici comme ailleurs, après l'analyse doit venir la *synthèse*.

S'il s'agit d'un discours, d'une dissertation, d'un traité didactique ou philosophique, en général, d'une composition où l'auteur discute et argumente en son nom propre, le travail de synthèse est des plus simples. La synthèse n'est alors que l'exacte récapitulation des parties ; elles se subordonnent naturellement les unes aux autres suivant leur valeur relative, et toute la construction à l'idée maîtresse.

Pour une pièce de théâtre, il y a double travail. En effet, l'analyse a produit deux résultats, correspondant aux deux points de vue dégagés tout-à-l'heure (art. III, § 2) ; elle nous a fait connaître : 1° le développement des caractères ; 2° le progrès de l'intérêt dramatique et de la question.

1° La synthèse de l'action (l'action étant considérée comme discussion dramatique d'une question) se fait très-facilement. Il suffit de récapituler toutes les situations déterminées dans l'analyse ; on donne à chacune d'elles une formule précise qui la résume ; on groupe sous une même formule plus générale les situations nées d'une même cause, et l'on remonte ainsi jusqu'à la formule première qui pose la question. Ce travail prend de soi-même l'aspect d'un *tableau synoptique*, permettant à l'esprit de saisir tout entière, d'une seule vue d'ensemble, la structure de la pièce.

2° La synthèse des caractères demande un travail plus long, plus délicat. — Il faut, en effet, reprendre chaque caractère à part, dans tout son développement, rassembler les principaux traits observés et notés au cours de l'analyse, les grouper sous quelques formules qu'on ramène enfin à une formule générale, de façon à avoir la physionomie du personnage enfermée dans une *définition*.

Prenons, par exemple, le personnage d'Hermione. C'est une jeune fille d'un caractère entier, d'une âme ardente, d'une nature passionnée. Elle a dans le cœur un grand amour ; sa violence de passion ne sera que l'exagération de sentiments légitimes, sincères et profonds qu'on aura méconnus, froissés. Elle éprouve toute l'ardeur naïve et confiante d'un premier amour, où l'imagination est séduite autant que le cœur ; elle a donné son cœur et ne le reprendra pas. Viennent les chagrins, la désillusion, la jalousie, sa passion s'exaspère et elle se détermine à une vengeance terrible. Sa vengeance satisfaite, un déchirement se produit dans son âme à la pensée du bonheur perdu à jamais ; le désespoir la pousse au suicide. Tels sont les principaux traits fournis par l'analyse (1) ; on peut les réunir dans une dernière formule synthétique, en disant : « Hermione est une jeune fille ardemment éprise, qui, trahie, désespérée, se venge et se tue. »

On fait ce travail pour chacun des personnages ; on obtient pour chacun d'eux une formule analogue ; et l'ensemble des formules ainsi obtenues représente la synthèse des caractères, c'est-à-dire le fond d'activité où le drame entier est en puissance et où il puise la vie.

Nous présentons ici un tableau synthétique et synoptique résumant l'action d'*Andromaque*.

I. EXPOSITION. — Acte I, sc. 1, 2 et 3. (V. sup. art. III, § 1). — La question est : *Pyrrhus épousera-t-il Hermione ou Andromaque ?*

II. ACTION. (*Tout dépend de Pyrrhus.*)

Première partie :

Pyrrhus se détache d'Hermione pour rechercher Andromaque.

1re situation. — Acte I, sc. 4. Pyrrhus et Andromaque.
2me situation. — Acte II, sc. 1, 2 et 3. Hermione et Oreste.

Deuxième partie :

Pyrrhus délaisse Andromaque pour revenir à Hermione.

1re situation. — Acte II, sc. 4 et 5. Nouvelle décision de Pyrrhus.
2me situation. — Acte III, sc. 1, 2 et 3. Oreste et Hermione.
3me situation. — Acte III, sc. 4 et 5. Andromaque devant Hermione.
4me situation. — Acte III, sc. 6 et 7. Andromaque devant Pyrrhus.

Troisième partie :

Pyrrhus se décide en définitive à épouser Andromaque.

1re situation. — Acte IV, sc. 1. Décision prise par Andromaque.
2me situation. — Acte IV, sc. 2, 3 et 4. Jalousie d'Hermione.
3me situation. — Acte IV, sc. 5 et 6. Hermione et Pyrrhus.
4me situation. — Acte V, sc. 1 et 2. Hermione dans l'attente.

III. DÉNOUEMENT. Acte V, sc. 3, 4 et 5. Evénement principal : *la mort de Pyrrhus*, avec ses conséquences immédiates. (V. sup. art. III, § 3.)

En considérant, même d'un coup d'œil rapide, ce tableau d'ensemble, on voit se dessiner aussitôt les degrés d'une généralisation toujours plus compréhensive. Les *scènes* qui composent l'action se ramènent, malgré leur multiplicité, à quelques groupes ou *situations ;* ces situations à d'autres groupes d'un degré supérieur et en plus petit nombre, qui sont les *parties* de l'action ; enfin, ces parties mêmes à l'unité de la *question* première qui domine et enveloppe toute la composition.

Cette synthèse contrôle et justifie, on le voit, notre méthode d'analyse : *aller du général au particulier*. Tout dépend de cette première étude sur laquelle nous insistions précédemment, l'*étude d'ensemble* : « c'est la clef, disions-nous, des études ultérieures » ; oui, c'est la condition première, essentielle, indispensable, sans laquelle l'étude des parties de l'ouvrage est impossible ou

(1) Il semblera peut-être, d'après cet exposé, qu'ici nous *partions du particulier*. Mais rappelons qu'Hermione (puisque c'est d'elle qu'il s'agit) est connue, comme les autres personnages, *dès l'exposition*. Le poète nous la fait nettement connaître : son dédain pour Oreste, son amour pour Pyrrhus, sa confiance dans une promesse de mariage, son chagrin de l'inconstance de Pyrrhus, (Acte I, scène 1). Il y a donc là une première esquisse du caractère, et qui nous fournit des données *générales* sur lesquelles s'appuie l'étude analytique. Nous allons donc toujours du *général au particulier*, pour revenir ensuite du particulier au général.

n'est plus qu'une longue aventure où l'esprit erre péniblement, à l'aveugle. Il faut donc — nous ne saurions trop répéter ce précepte — il faut donc toujours et avant tout s'occuper de DÉGAGER LE GÉNÉRAL. Le général, seul, explique le particulier qu'il enveloppe ; seule, la possession du général nous permet de voir le particulier au point de vue vrai et de nous en faire une idée juste ; seule la connaissance du général est intéressante et utile. Disons mieux : l'esprit *a besoin de général*. Voilà pourquoi, après être allé du général au particulier, il revient naturellement du particulier au général. Analyse et synthèse : c'est ainsi que partout procède l'esprit.

Dans une composition dramatique, ce qui est général, c'est *la question*. C'est elle qui est le point de départ de l'action ; c'est elle que l'auteur a toujours présente à la pensée dans toutes les phases du drame ; c'est elle dont le public attend la solution. Il faut donc avant tout, quand on étudie une pièce de théâtre, dégager et saisir la question. Une fois qu'on la tient, il n'y a plus qu'à serrer fortement ce précieux fil conducteur qui doit vous guider à travers la complexité des situations (1) et l'enchevêtrement des scènes. Autrement on est sûr de se perdre dans l'encombrante multitude des détails (2).

En thèse générale, ce n'est qu'en s'attachant aux grandes lignes et aux points saillants d'un ouvrage, qu'on a des idées nettes et fixes sur ce qu'il contient. Il suffit alors d'*enchaîner* ses idées, de les bien *classer* et de les *subordonner* les unes aux autres selon leur degré de généralité : on a dans l'esprit l'ouvrage tout entier.

(1) V. sup. art. III, § 2, note 3.

(2) C'est assez dire que nous ne pouvons que désapprouver vivement l'étude d'une pièce analysée *scène par scène*. Cette sorte d'analyse ne saurait rien laisser dans l'esprit qu'une masse obscure et confuse de détails. Tout au plus est-on admis à infliger cette tâche inintelligente à certains élèves, candidats *peu zélés* au baccalauréat, pour s'assurer qu'ils liront au moins la pièce. En dehors de ce cas, qu'il faut ranger parmi les *accidents scolaires*, il n'y a qu'une méthode rationnelle pour étudier une pièce : 1° Déterminer les situations dans chaque acte ; 2° analyser les plus importantes ; 3° expliquer de près les principaux morceaux qui s'y rapportent.

V.

ÉTUDE D'UN MORCEAU : EXPLICATION LITTÉRAIRE.

Le travail de préparation va en se resserrant ; il s'agit maintenant d'étudier à part un morceau tiré d'un ouvrage, pour s'exercer à l'épreuve de l'explication orale.

Ici encore s'applique strictement notre méthode d'*aller du général au particulier.*

1. Le morceau étant détaché d'un ensemble, il faut l'y remettre, afin de bien voir quelle place ce morceau y occupe, et comment, d'après de justes proportions, il se subordonne à l'idée générale, à l'unité de l'ensemble. Se rendre compte de cette subordination est chose très-importante ; car souvent la valeur des idées et même le sens de certains passages peuvent différer, suivant qu'on prend le morceau isolé ou remis dans l'ensemble auquel il appartient. — A-t-on, par exemple, à expliquer un fragment des *Pensées* de Pascal ? Bien souvent le fragment est inintelligible, pris isolément : il faut le replacer dans l'ensemble d'idées dont il n'est qu'un des éléments particuliers. Est-ce un morceau tiré d'un sermon de Bossuet ? est-ce une tirade de tragédie, de comédie ? il faut de même rétablir, en un court résumé, la suite des idées à laquelle appartient ce morceau oratoire, la situation à laquelle se rattache cette tirade dramatique.

2. Etudions ensuite le morceau en lui-même.

Tout morceau bien fait est une petite composition savante, bien équilibrée et formée des mêmes éléments constitutifs qu'une composition plus vaste. Un paragraphe de discours est construit comme le discours tout entier : il a son unité qui réside dans l'idée que l'on y traite ; sa *proposition,* où l'idée s'énonce ; son développement, où l'idée s'avance appuyée d'une série progressive d'idées subsidiaires ; enfin sa conclusion. Le paragraphe est donc un ensemble complet en soi-même ; et, pour emprunter aux sciences exactes une expression précise, on peut dire que c'est une construction *semblable* à celle de l'ensemble du discours ; de part et d'autre, il y a correspondance et proportionnalité des éléments homologues. — La tirade dramatique n'est aussi qu'un discours plus ou moins développé.

Il faut donc procéder pour l'étude du morceau, paragraphe ou tirade, comme pour l'étude d'une grande composition :

1° Dégager l'idée principale, qu'une lecture sérieuse et posée suffit à faire nettement apparaître. — Et ici, nous ne saurions trop recommander aux candidats de *lire d'un bout à l'autre* le morceau dont on leur demande l'explication, et de le lire comme il faut, d'une voix soutenue, avec calme, avec attention, en prenant le temps de réfléchir. Une lecture trop rapide et bredouillée est absolument inutile, et ne sert guère qu'à troubler l'esprit, à brouiller les idées. Une lecture bien faite est déjà une *interprétation,* c'est-à-dire une première explication du morceau ; et qu'on y songe, c'est le seul moyen d'en saisir l'ensemble, d'en reconnaître le sens, le caractère, la portée, la beauté littéraire.

2° L'idée principale du morceau une fois appréciée et mise en relief, on fait voir comment elle se développe au moyen d'idées secondaires, qu'on énumère d'abord en bloc ; puis on les reprend une à une, on les étudie en elles-mêmes, on les détaille. Cette analyse doit avoir pour complément, ici encore, la *synthèse*, où, reconstituant l'ensemble de cette suite d'idées, on montre leur liaison, leur enchaînement, leur progression, la proportion attribuée à chacune d'elles, selon son importance relative, enfin l'harmonie avec laquelle elles concourent toutes à un but unique : établir l'idée principale.

C'est ainsi qu'on étudiera, par exemple, la tirade d'Hermione à la fin du IVe acte d'*Andromaque*.

Pyrrhus déclare à Hermione qu'il épouse Andromaque, et il se prétend d'autant plus aisément dégagé d'Hermione qu'elle ne l'aimait pas.

« Je ne t'ai point aimé, cruel ! qu'ai-je donc fait ? »

s'écrie Hermione (1), et elle laisse éclater toute sa passion :

1° Elle rappelle que, dédaignant les vœux des princes grecs, elle est venue rejoindre Pyrrhus en Epire et attendre le moment où il se déciderait à tenir la parole donnée (vers 1357-1364) ;

2° Elle avoue que, malgré l'inconstance de Pyrrhus, elle l'aime encore (vers 1365-1368) ;

3° Puis, devenue suppliante, elle conjure Pyrrhus de différer d'un jour ce cruel mariage et de ne pas la forcer à en être témoin (vers 1369-1374) ;

4° Hermione, se heurtant au silence de Pyrrhus, exhale sa colère en reproches violents ; elle sent bien que Pyrrhus ne pense qu'à Andromaque, et qu'elle ne peut rien désormais, elle, Hermione, sur ce cœur qui s'est détourné d'elle (vers 1375-1380) ;

5° Elle renvoie Pyrrhus à Andromaque, mais avec cette menace terrible : « Crains encor d'y trouver Hermione » (vers 1381-1386).

Tel est le plan de la tirade. Aveux, supplications, reproches et menaces, tout cela ne sert qu'à prouver, quoi ? *l'amour d'Hermione ;* c'est une passion qu'exaspère l'inconstance de Pyrrhus ; Hermione est jalouse et Pyrrhus a tort : tel est le sens de toute la tirade. Et il est intéressant de reconnaître, à travers ces arguments, ces changements de ton, ces mouvements de passion, le progrès continu de l'idée maîtresse : « Hermione aime Pyrrhus. »

C'est toujours à l'idée maîtresse que tout se ramène, dans l'explication comme dans la composition d'un morceau. Cette idée se pose, se développe et s'affirme définitivement ; elle établit le point de départ et le point d'arrivée du discours. La *ligne droite idéale* qui unit ces deux points n'est que la ligne de direction suivant laquelle s'avance graduellement l'idée maîtresse ; cette ligne droite idéale, on pourrait l'appeler l'*axe* du discours. Il ne faut jamais la perdre de vue dans l'explication ; il faut la suivre sans dévier ; l'abandonner, c'est aller à l'aventure et s'égarer.

(1) Acte IV, scène 5 ; vers 1356-1386. (Edit. Bernardin.)

VI.

ÉTUDE DU TEXTE OU EXPLICATION LITTÉRALE.

Tout ce qui précède concerne l'étude du fond des idées qui composent le morceau : c'est proprement l'explication *littéraire;* mais il faut pénétrer encore plus avant et examiner la mise en œuvre des idées, les procédés de facture; il s'agit enfin d'étudier le mécanisme du morceau écrit et d'y surprendre les secrets du métier. Après l'explication littéraire, l'explication *littérale.*

Ici l'étude devient très-complexe, parce qu'elle s'applique à saisir les moindres détails de la forme. Nous nous contenterons de ramener ces détails à quelques points principaux :

1° *Procédés de style.* — Termes caractéristiques, alliances de mots ou expressions frappantes, constructions de phrases, particularités de syntaxe, figures diverses, métaphores : voilà des éléments très-importants que l'explication doit analyser.

Dans l'explication des mots, il y a souvent des questions de nuances, selon que les mots sont pris avec plus ou moins d'extension; il faut donc déterminer avant tout le *sens propre* des mots et s'attacher autant que possible à l'*étymologie*, qui donne leur acception initiale et comme la *racine* de toutes les dérivations ultérieures. — Au sujet des métaphores, il faut de même serrer de près la signification première des termes qui constituent l'expression métaphorique, rétablir avec précision l'*image matérielle* qu'ils désignent, puis expliquer comment, par suite d'une comparaison implicite, l'esprit est arrivé à assimiler, en les réunissant sous le même terme, un objet matériel et un objet idéal ou moral :

Qu'est-ce qu'une *veine ?* par exemple. Le dictionnaire de Littré nous répond : « Un petit canal servant à ramener au cœur le sang, etc. » Par une première comparaison et par la suppression d'une circonstance spéciale, on arrive à dire métaphoriquement : « *Veine d'eau* » (Littré). Au second degré, l'esprit supprimant l'idée de liquide et n'ayant plus présente que l'idée de conduit long, étroit, mince, arrive à cette série de métaphores : « *Veine de terre* »; « *veine de quartz* »; « *veine d'argent* »; « *veine d'or* » (Littré). Au troisième degré, on supprime l'idée de matière et l'on ne s'attache plus qu'à l'idée de production; et l'on dit : « *Veine poétique* », métaphore signifiant que l'esprit compare la puissance naturelle du poète à quelque précieux filon d'or. C'est ainsi que Boileau vante la « *fertile veine* (1) » de Molière. Qu'est-ce

(1) Boileau. Satire II, vers 1.

qui fait le ridicule du langage de Jodelet, quand il dit (1) : « Je me trouve un peu incommodé de la *veine poétique* pour la quantité de *saignées* que j'y ai faites ces jours passés »? C'est que de l'acception métaphorique (*veine poétique*), on est tout à coup ramené au sens réel du mot *veine* et à l'image matérielle de canal où circule le sang; du troisième degré où était arrivé le travail de l'esprit, on retombe brusquement aux éléments primitifs. Il y a rupture subite de la suite des idées, saut brusque de l'esprit d'un ordre d'idées à un autre, choc de deux expressions, l'une figurée, l'autre matérielle : là est tout l'effet comique. En somme, c'est *jouer* sur le mot *veine* ; et Jodelet nous donne le secret de plus d'un calembour plus ou moins plaisant.

2° ***Procédés de versification.*** — Si le morceau est en vers, il ne faut pas oublier que l'art des vers a ses lois propres, ses procédés techniques. Il y a donc à étudier le rythme des vers, les coupes, les rimes, les enjambements, les constructions spéciales, les licences poétiques. — S'il s'agit de vers inégaux, de vers à rimes croisées, comme dans La Fontaine, on fera ressortir les effets d'harmonie que produisent ces entrelacements de rimes, ces inégalités de mètres. — S'il s'agit de stances, comme dans le *Cid* et dans *Polyeucte*, il faut analyser le type de stance qu'a choisi le poète, en décomposer les éléments, en expliquer le mécanisme et l'harmonie d'ensemble.

Ce qui fait l'harmonie d'une stance, c'est la combinaison savante de deux sortes d'éléments : les rimes et les mètres.

Prenons, par exemple, les stances de *Polyeucte :* « Source délicieuse, en misères féconde », etc. (2).

Au point de vue des rimes, la stance est formée d'un quatrain à rimes croisées et de deux tercets disposés symétriquement (3) et écrits sur deux rimes (*erre, té*).

Au point de vue des mètres, la stance se compose de cinq alexandrins et de cinq octosyllabes.

Le quatrain s'avance sur un ton calme, dans toute la majesté sereine et avec la pleine sonorité des alexandrins. Le cinquième vers sert de transition : c'est encore un alexandrin ; mais à la faveur d'une rime nouvelle qui annonce une nouvelle combinaison harmonique, la stance s'élance, vive, pressée et vibrante sur les octosyllabes à rimes triplées. Après l'extase, c'est l'élan de toute l'âme vers le ciel. — Car les combinaisons rythmiques ne sont qu'un moyen spécial d'expression : avec ses effets de sonorité, le poète, comme le musicien, exprime des mouvements de l'âme.

3° *Détails de langue.* — Il y a enfin à relever certains détails de langue propres à l'époque à laquelle appartient l'auteur qu'on explique. Tels les mots : ***courage, conseil*** au XVIIe siècle, courage signifiant cœur, conseil signifiant dessein. —Tel encore le verbe *faire* employé au XVIIe siècle pour représenter, dans une proposition secondaire, le verbe principal ; exemples :

(1) Molière. ***Précieuses ridicules.*** Scène XII.

(2) ***Polyeucte.*** Acte IV. Scène 2.

(3) Il y a symétrie exacte : c'est-à-dire, le premier tercet étant représenté par une figure : $\frac{A}{BB}$, la figure du second n'est que la première renversée : $\frac{AA}{B}$.

Albe m'*estime* autant que Rome vous a *fait*.

(Corneille. Horace. II. 3.)

Il l'appelle son frère et l'*aime* dans son âme
Cent fois plus qu'il ne *fait* mère, fils, fille et femme.

(Molière. Tartuffe, I. 2.)

Il fallait *cacher* la pénitence avec le même soin qu'on eût *fait* les crimes. (Bossuet. Oraison funèbre d'Henriette d'Angleterre.)

Charles voulait *braver* les saisons comme il *faisait* ses ennemis. (Voltaire. Charles XII, livre IV.) (1).

Telle aussi la construction du pronom personnel, datif ou accusatif, *me, te, se, le, lui, la, les, nous, vous*, quand le verbe principal dont il est logiquement le régime est précédé d'un autre verbe auxiliaire, comme *aller, vouloir, devoir, pouvoir, savoir, falloir*, etc. ; au XVIIe siècle, on met généralement ce pronom avant l'auxiliaire, au lieu qu'on le place aujourd'hui entre les deux verbes. — Exemples :

La justice de Dieu *se voulait* venger. (Balzac. Socrate chrétien.)

...... Mon déplaisir ne *vous peut* émouvoir.

(Corneille. Polyeucte. I. 2.)

C'est l'attente du ciel, il nous *la faut* remplir.

(Corneille. Polyeucte. II. 6.)

La déclaration *se doit* faire...............

(Molière. Précieuses ridicules. Sc. V.)

Ces canailles-là *s'osent* jouer de moi.

(Molière. Préc. ridicules. Sc. VIII.)

Votre belle-mère a beau..... *me vouloir* jeter dans ses intérêts. (Molière. Malade imaginaire. I. 10.)

L'on demande s'il faut aimer ; cela ne *se doit* pas demander, on *le doit* sentir. (Pascal. Discours sur les passions de l'amour.)

Il *la viendra* presser ; il *les peut* attirer ; on *vous va* livrer votre victime ; il *la faut* enlever ; je *le veux* achever ; je *l'en puis* détourner ; il *le doit* ménager. (Racine. Andromaque ; passim.) (2).

Ces particularités de langue peuvent même, dans certains cas, surtout chez les écrivains antérieurs au XVIIe siècle, constituer des *idiotismes* très-difficiles, où l'explication ne peut se fonder que sur la connaissance de l'ancien français et des origines latines de notre langue. La prose de Bossuet n'est-elle pas toute pleine de latinismes ? On comprend donc comment une page d'un au-

(1) Voltaire conserve certains des procédés du XVIIe siècle.

(2) On voit, par cette série d'exemples, que cette construction est commune aux vers et à la prose. Dans les vers, elle est souvent amenée par les exigences de la mesure. Ajoutons d'ailleurs que l'on trouve aussi l'autre construction. — Il est même assez curieux de voir les deux constructions réunies dans ce vers d'*Andromaque* (Acte I, sc. 1, vers 139) :

Plus on *les veut* brouiller, plus on *va les* unir.

teur français demande souvent une explication littérale aussi serrée qu'un passage d'un auteur de l'antiquité. Les écrivains du XVIIe siècle sont déjà des *anciens* pour nous ; leur admirable langue n'est plus la nôtre ; bien souvent nous ne la comprenons pas, quoique nous croyions la comprendre ; ouvrons un lexique (1), notre erreur nous est aussitôt révélée. Que dire des écrivains du XVIe siècle ! Plusieurs d'entre eux sont très-populaires en France ; mais qui peut se flatter de comprendre une page de Rabelais ou même de Montaigne à première lecture, avec l'aide d'un simple glossaire ? Le lettré est obligé de mettre en œuvre toutes ses connaissances pour tenter d'expliquer convenablement un passage des *Essais*. Enfin les ouvrages antérieurs à la deuxième moitié du XVe siècle, quoique écrits en langue française, sont pour nous, il faut l'avouer, comme s'ils étaient écrits dans une langue étrangère, et exigent des études d'érudition toutes spéciales. « N'est-on pas obligé d'expliquer maintenant le langage de Villehardouin et de Joinville ? » disait déjà Fénelon en 1714 (2). — En somme, les langues sont, comme tout ce qui vit, soumises à la loi générale du changement, et elles se transforment sans cesse ; et ainsi, plus le temps s'écoule, plus nous nous éloignons des siècles précédents, et plus le français qu'on y parlait *nous devient étranger*. Voilà ce qu'avait parfaitement compris Fénelon lorsqu'il proclamait l'importance et l'utilité du Dictionnaire de l'Académie (3). Aujourd'hui nous avons à notre disposition des travaux plus précieux encore : le Dictionnaire de Littré, celui de Brachet, ceux de Sainte-Palaye, de Godefroy, etc., outre les lexiques spéciaux dont mention était faite tout à l'heure ; nous n'avons qu'à user de toutes ces ressources dans l'étude des textes.

L'explication littéraire ainsi complétée par l'explication littérale, reste maintenant à rapprocher du morceau en question les passages qui présentent des idées analogues, chez le même écrivain ou chez des écrivains anciens ou étrangers. Ces rapprochements s'imposent à l'esprit ; la chose est évidente ; nous n'insisterons pas (4).

(1) Il existe des lexiques spéciaux pour Malherbe, Corneille, Racine, etc. (V. Collection des grands écrivains de la France. Hachette.)

(2) *Lettre à l'Académie française*. Chap. I.

(3) « Quand notre langue sera changée, il servira à faire entendre les livres dignes de la postérité qui sont écrits en notre temps... Nous serions ravis d'avoir des dictionnaires grecs et latins faits par les anciens mêmes. » (*Ibid.*)

(4) Pour compléter ces conseils, nous recommanderons aux candidats le *Traité d'explication française* de M. Gazier.

En résumé, la méthode que nous nous efforçons d'exposer ici pour l'étude des auteurs français est bien simple : aller constamment **DU GÉNÉRAL AU PARTICULIER** en procédant **PAR ENSEMBLES TOUJOURS PLUS RESTREINTS.** Il y a ainsi cinq degrés à parcourir :

1° Le milieu ;
2° L'ouvrage ;
3° Le morceau ;
4° La pensée avec la phrase qui en est la forme ;
5° Les mots, les idiotismes, les détails de langue et d'exécution.

Nous terminerons par quelques observations d'ordre purement pratique. Les candidats, en préparant les auteurs du programme, doivent se faire des *cahiers de notes*, un cahier pour chacun des ouvrages qu'ils ont à préparer. Une préparation sur laquelle on ne prend pas de notes ne reste pas nettement fixée dans l'esprit; elle s'efface peu à peu, elle perd de sa précision ou même s'évanouit complètement ; en a-t-on besoin un jour, il faut la recommencer à nouveau. Il est peut-être long d'analyser ses auteurs par écrit ; mais il faut savoir donner aux choses le temps nécessaire ; on s'assure ainsi une économie de temps pour l'avenir. Les futurs licenciés retrouveront à l'Agrégation certains ouvrages du programme de Licence ; les ouvrages qu'ils préparent pour la Licence et l'Agrégation, ils auront aussi à les expliquer devant les élèves des lycées, soit dans les classes de grammaire, soit dans les classes supérieures des Lettres. Une préparation sérieuse, *faite par écrit*, est faite pour toujours : ce n'est pas qu'elle soit définitive ; mais elle est la base d'études ultérieures plus complètes, plus approfondies.

Ce n'est pas seulement la préparation d'ensemble qu'il convient de fixer par écrit ; il est bon que les candidats préparent aussi, *la plume à la main*, dans chaque auteur, quelques morceaux importants. C'est la plus sûre manière pour eux de s'exercer à l'épreuve si difficile de l'explication orale. Une vingtaine (1) de morceaux bien choisis et expliqués *à fond* leur seront un bagage très-suffisant pour aborder l'examen. Mais notre conseil a une bien autre portée encore ; nous visons en effet la dissertation française. Nous ne saurions trop répéter aux candidats qu'ils doivent avant tout s'appliquer à écrire une langue correcte, saine, précise, serrée, *très-simple*, tout à fait exempte du fatras métaphorique et fleuri où tombent les débutants et qui est justement la négation même du style. Mais comment arriver à un bon résultat, sinon en s'inspirant des maîtres classiques? Qu'ils étudient donc nos grands prosateurs : Pascal, Bossuet, La Bruyère, Montesquieu, Voltaire, Rousseau, Diderot ; ce n'est qu'en examinant de très-près comment les maîtres écrivent qu'on apprend à écrire soi-même.

(1) 25 morceaux, d'environ 20 lignes chacun (soit 500 lignes de français), étudiés avec le plus grand soin (de novembre à juillet) représentent une préparation moyenne bien suffisante pour exercer un candidat à l'épreuve de l'explication française ; mais il faut consacrer au moins *trois* heures à l'étude de chaque morceau.

Pour l'explication orale à l'examen, nous recommanderons aux candidats de savoir bien ménager leur temps ; ils ont à parler pendant 15 ou 20 minutes; c'est long pour celui qui manque de méthode ; c'est court pour celui qui voudrait tout dire ; c'est juste ce qui est nécessaire et suffisant pour celui qui sait s'y prendre. 1° Lire posément le morceau d'un bout à l'autre ; 2° l'apprécier dans l'ensemble, dégager l'idée générale et montrer la liaison des parties ; 3° reprendre ces parties l'une après l'autre, faire des observations littéraires et donner une explication littérale du texte en insistant sur tous les détails intéressants ; 4° établir les principaux rapprochements qu'appelle l'explication du morceau : tel est le programme à remplir, et, pour le remplir complètement, il faut bien calculer ce qu'on a de temps à sa disposition.

Nous avons essayé de rendre service aux candidats en leur traçant une méthode pour l'explication des auteurs français ; nous espérons qu'ils s'appliqueront à la bien comprendre et à la mettre en pratique ; nous avons confiance qu'ainsi ils éviteront à la fois l'abus des généralités vagues et l'excès des détails oiseux. Et pour eux, qu'ils se persuadent bien ceci : c'est que, au sujet de textes même très-connus, très-souvent maniés et commentés, il y a toujours — quand on a une certaine personnalité de jugement, de l'intelligence et de la méthode — il y a toujours à apporter des observations intéressantes, sérieuses, solides, disons plus, neuves et personnelles.

Clermont-Ferrand. — Typographie Mont-Louis, rue Barbançon, 2.

www.ingramcontent.com/pod-product-compliance
Lightning Source LLC
LaVergne TN
LVHW052026160826
845678LV00003B/1229

* 9 7 8 2 3 2 9 6 2 9 8 9 6 *